*Para Martin, Félix y Rosalie*
*Gracias a Sylvie Tiffeneau por su ayuda.*
J.-F. D.

Es una publicación de:

grupo editorial ceac

Título original: *Le roi qui rêvait d'être grand*
Traducción: Gemma Pérez


Avda. Diagonal, 662-664 – 08034 Barcelona (España)


1.ª edición: octubre, 2003
ISBN: 84-480-1985-7
Depósito legal: B. 39.540-2003
Impreso en España por EGEDSA

# EL REY QUE SOÑABA SER ALTO

*Jean-François Dumont*

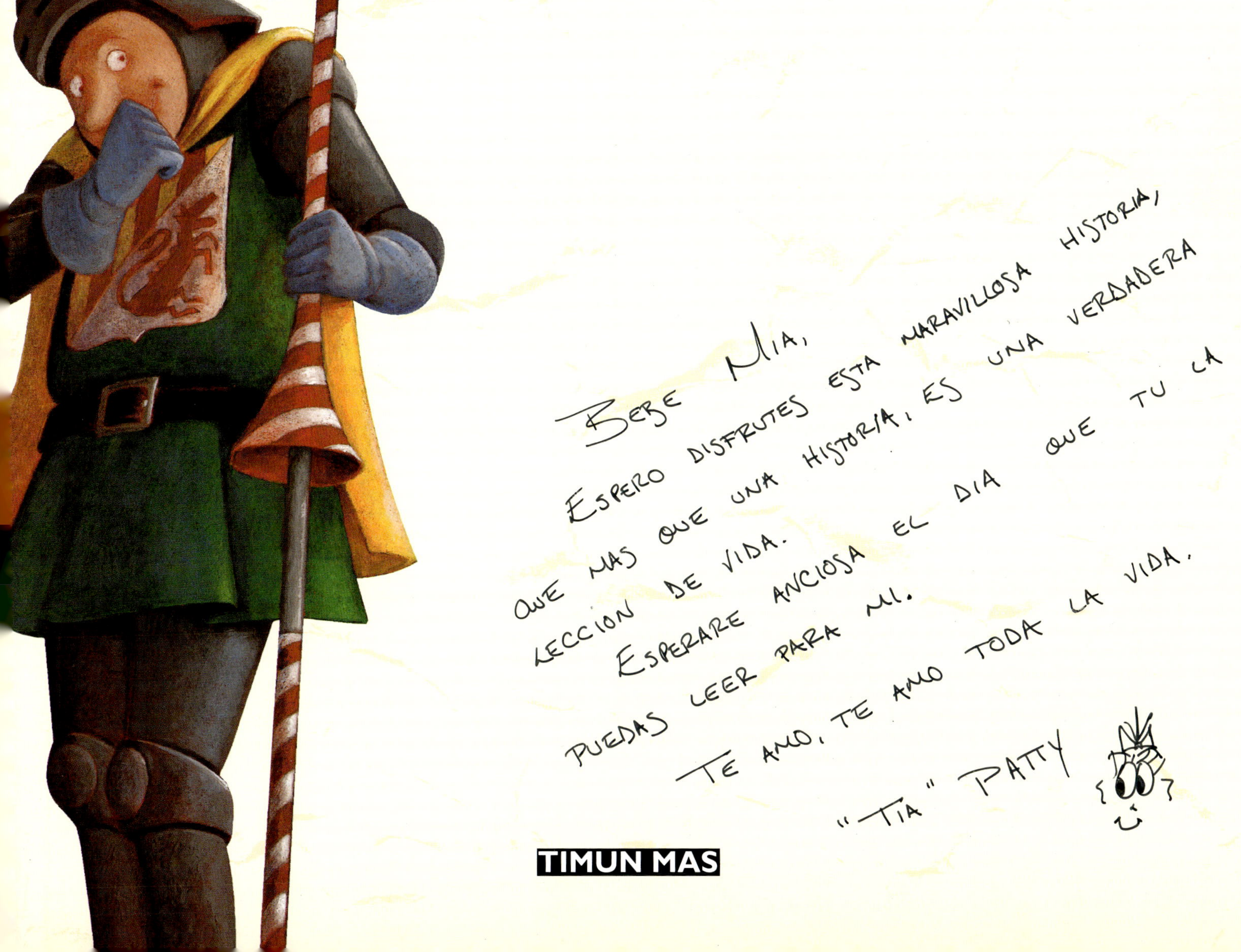

Bebe Mia,

Espero disfrutes esta maravillosa historia,
que mas que una historia, es una verdadera
leccion de vida.

Esperare anciosa el dia que tu la
puedas leer para mi.

Te amo, te amo toda la vida.

"Tia" Patty

TIMUN MAS

Había una vez un rey tan grande que le llamaban Alberto el Grande. Reinó hace mucho tiempo en un pequeño país, justo al otro lado del mar. El día en que la reina dio a luz a un varón, su dicha fue completa y exclamó:

–Lo llamaremos Aldeberto, y más tarde, el mundo entero lo aclamará con el nombre de ¡Aldeberto el Grande!

Los años fueron pasando felices y tranquilos para Aldeberto. Pero un día la reina empezó a preocuparse: el príncipe no era muy alto para su edad, sus compañeros de juego le pasaban más de una cabeza.

Con el tiempo, no tuvieron otro remedio que rendirse a la evidencia: ¡Aldeberto no iba a crecer más!

En la cabecera de su cama, sin éxito, se congregaron los médicos más prestigiosos del mundo.

Como último recurso, el rey pidió ayuda a los más grandes magos, pero ninguna poción ni ninguna fórmula mágica consiguieron que el príncipe creciera.

El rey Alberto murió algunos años más tarde. Había llegado la hora de que Aldeberto lo sucediera al frente del reino.

Los preparativos de la coronación duraron un mes. Los soberanos de los países vecinos, los nobles y la gente del pueblo fueron invitados a festejar el acontecimiento.

Pero, en el momento de colocar la corona sobre la cabeza del nuevo rey, un murmullo recorrió el gentío: ¡la corona era demasiado grande para su cabecita! Y, en el instante en que el nuevo monarca iniciaba su gran discurso, se alzó una voz, seguida de fuertes carcajadas:

–¡Alberto el Grande ha muerto! ¡Viva el Reyecito Aldeberto!

Cuando volvió al castillo, Aldeberto, loco de rabia, montó en una terrible cólera. Muebles, vajillas, estandartes, nada escapó a su espada.

Cuando todos los objetos de la sala estuvieron hechos añicos, se calmó por fin.

—¡Así que osan burlarse del rey! —exclamó—. ¡Pues están muy equivocados! ¡Si no puedo ser Aldeberto el Grande por estatura, lo seré por mis obras!

Y el nuevo rey emprendió la construcción del castillo más grande que jamás haya existido. Hizo venir a los mejores carpinteros, a los mejores picapedreros, a los mejores arquitectos y a los mejores pintores, y compró a precio de oro inmensos bloques de mármol blanco y de granito con vetas rosas.

Las vidrieras más bellas, y los estandartes más ricos fueron encargados a los mejores especialistas y, muy pronto, un nuevo palacio se elevó en el lugar donde antes había estado el viejo.

Decidido a comprobar si su pueblo apreciaba su grandeza, Aldeberto se disfrazó de mendigo, salió de palacio y se dirigió a un campesino que pasaba por allí.

–¡Piedad, buen señor, tened caridad con este pobre mendigo!

El campesino le respondió:

–Infeliz, los impuestos nos están aplastando y ya no nos queda mucho dinero. Pero tened, tomad estas pocas monedas.

Aldeberto le dio las gracias y preguntó:

–Decidme, buen señor, ¿qué rey posee un castillo tan hermoso?

–Ah, ése… –respondió el campesino, riendo–. El castillo es grande, pero el rey no tanto: ¡es el Reyecito Aldeberto! Se piensa que por construir un castillo muy grande lo vamos a respetar y no se da cuenta de que los campesinos no tenemos casi ni para comer.

De vuelta a casa, Aldeberto se dejó llevar por la tristeza.

«Si un castillo no basta –se prometió–, entonces me convertiré en un gran sabio y mis vasallos me admirarán por mis conocimientos y mi sabiduría. Así, además, podré transmitírsela a ellos.»

Hizo venir a los más ilustres filósofos, físicos y astrónomos, y siguió sus enseñanzas con rigor y seriedad. Construyó la biblioteca más grande que jamás se haya visto, y leyó todos los libros que contenía, realizó todos los experimentos de química conocidos y, un día, los sabios de todo el mundo le hicieron llegar el ansiado título de «Gran Doctor Honoris Causa».

La sculpture

Bastante satisfecho de su éxito, Aldeberto volvió a disfrazarse de mendigo y, al encontrarse con un campesino, se dirigió a él:

—¡Piedad, buen señor, tened caridad con este pobre mendigo!

—Ay, buen hombre, el dinero no nos sobra, pero bueno, aquí tenéis algunas monedas que os ayudarán.

—Miles de gracias, mi buen señor. Pero decidme, se comenta en todo el reino que vuestro soberano es un gran sabio y que nadie sabe tanto como él… ¿Cómo se llama ese rey?

—Ah, ése… —respondió el campesino, riendo—. Su sabiduría es grande, pero el rey no tanto: ¡es el Reyecito Aldeberto!

—Pero, aunque no sea grande, su tesón por conocer más cosas y así enseñar a su pueblo es muy loable —le explicó el soberano disfrazado de mendigo—. ¡Quizás deberíais darle una oportunidad!

De vuelta a casa, Aldeberto
dio rienda suelta a su cólera
y a su rencor:

—Si mi sabiduría no basta,
entonces me convertiré en
un gran señor de la guerra,
conquistaré muchos territorios
y dominaré el reino más grande
que jamás se haya conocido.

Y el rey contrató a los mejores soldados de los alrededores, a los más grandes armeros del país, a los estrategas más audaces, y declaró la guerra a los países vecinos.

En poco tiempo y después de muchas batallas, cosechó victoria tras victoria y, muy pronto, reinó en un país inmenso.

Orgulloso de sus éxitos, Aldeberto salió al encuentro del campesino que lo había ayudado antes y le imploró:

—¡Piedad, buen señor, tened caridad con este pobre mendigo!

—Ah, por desgracia los tiempos son difíciles, ya no quedan hombres fuertes para trabajar los campos… pero tomad estas monedas para sobrevivir.

—Muchas gracias, buen señor. Por cierto, he oído decir que vuestro rey es un gran guerrero y que posee un reino tan grande que no se puede abarcar con la vista. ¿Cómo se llama ese rey?

—Ah, ése… —respondió el campesino, riendo—. El reino es grande, pero el rey no tanto: ¡es el Reyecito Aldeberto! Ha conseguido un gran reino, pero no hay hombres para sacar adelante los cultivos y nos estamos muriendo de hambre.

Desanimado, Aldeberto no volvió al castillo. Cegado por la tristeza y sin entender por qué realmente lo despreciaban, siguió por el camino que atravesaba su reino.

Los campesinos que se cruzaban con él se compadecían de aquel pequeño mendigo que sollozaba. Pero Aldeberto, abrumado por sus sombríos pensamientos, no veía a nadie:

«Pobre de mí –pensaba–, nada puede engrandecerme a los ojos de los demás. ¡Siempre seré un minúsculo rey del que todos se burlan! Quizá si yo hubiese tenido más en cuenta sus necesidades, ellos no habrían dado importancia a mi estatura; sin embargo, también me he preocupado de enseñarles para que sean más cultos y de conquistar tierras para ellos. ¡A lo mejor no lo han entendido así!».

Aldeberto atravesó la gran montaña que rodeaba su reino, siguió el curso de un burbujeante río, cruzó un inmenso valle en el que los campesinos hacían pastar sus rebaños. Y así, continuó andando largos días y largas noches, ignorando adónde le conducían sus pasos, hasta que el agotamiento se apoderó de él y se quedó dormido en la orilla de un arroyo.

Cuando volvió a abrir los ojos, el sol se ponía en el horizonte. Sediento, Aldeberto se acercó al arroyo y, al inclinarse sobre el agua, descubrió su reflejo. Al instante, la tristeza lo invadió de nuevo: solamente era un reyecito. Las lágrimas inundaron sus ojos, pero, de pronto, oyó una alegre música. Intrigado, Aldeberto se aproximó y se escondió detrás de un árbol.

Allí, no muy lejos de la orilla, descubrió un carro pintado de vivos colores. Alrededor del fuego, un grupo de feriantes cantaba al ritmo de un laúd. Todos parecían encantados de ensayar un nuevo número y sonreían mientras hacían juegos malabares, andaban sobre las manos o escupían fuego.

De pronto, uno de los perros acróbatas lo descubrió y ladró. Los feriantes lo rodearon y lo invitaron a unirse a ellos. Aterrorizado ante la idea de que pudieran reírse de su corta estatura, Aldeberto estuvo a punto de rechazar el ofrecimiento. Pero finalmente aceptó.

Fue la noche más hermosa de su vida. Rió las payasadas de los osos, se estremeció con el hombre que tragaba sables, aplaudió y entonó canciones a coro.

Al terminar la cena, Aldeberto explicó la triste historia de su vida. Sus nuevos compañeros lo escucharon moviendo la cabeza y, cuando se calló, el que tocaba el laúd tomó la palabra:

–También nosotros hemos sido el hazmerreír de nuestros vecinos. A menudo nuestra vida ha sido difícil, pero ahora divertimos a aquellos que antes se reían de nosotros, y aquellos que nos injuriaban, ahora nos aplauden. Si quieres, puedes unirte a nosotros. Seguro que encontraremos un papel para ti en nuestro espectáculo y, con valentía y tenacidad, te harás un lugar entre nosotros.

Durante todo ese tiempo, los guardias y la gente del castillo buscaron al rey por todo el palacio. ¡Pero no pudieron encontrar a Aldeberto!

Para no preocupar a la gente del pueblo, se inventaron la excusa de una repentina visita a un monarca vecino, deseando que el rey apareciera pronto.

Esa mentira no tranquilizó a los vasallos, y los rumores más disparatados se propagaron por todo el reino.

EUDES BA

Algunas semanas más tarde, la carpa de los feriantes se instaló en la plaza del castillo. Felices de dejar de lado sus preocupaciones, todos corrieron a ver a los artistas. La representación llegó a su punto culminante cuando Aldeberto entró en escena disfrazado de payaso. Apenas había comenzado su número cuando las risas estallaron, estremeciendo la tela de la carpa y atravesando la ciudad desierta para perderse en los campos vecinos. Pero esta vez no se trataba de risas de desprecio o de burla. Y cuando el pequeño rey acabó el número, una gigantesca ovación saludó al payaso Aldeberto, el mejor payaso que jamás habían visto.

Aldeberto se acercó al público entre aclamaciones.
Pero, mientras saludaba, nadie vio la lágrima
de felicidad y orgullo que le caía bajo
el maquillaje.
Finalmente había conseguido que la gente
no lo juzgara por su aspecto físico sino porque
había sido capaz de ofrecerles algo que era
muy importante para ellos: la alegría.
De esta manera, el rey y sus
súbditos aprendieron
que las pequeñas
cosas son lo que
realmente
importa en
la vida.

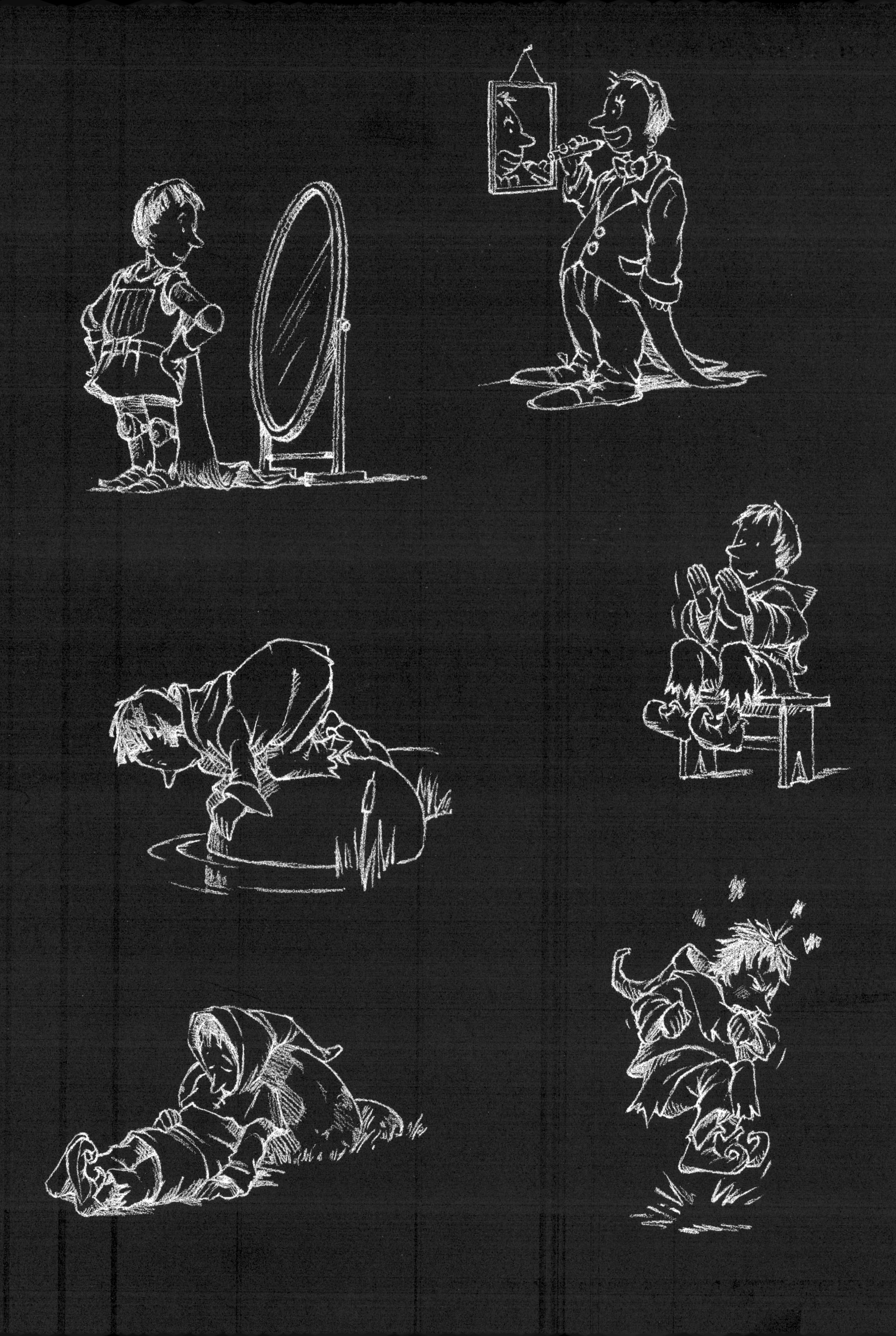